무심에서 감성으로

무심에서
감성으로

일상이 시가 되다

임정희, 김인숙, 김라미, 최성임, 심은영,
신대정, 최나진, 안귀옥, 김근영, 백정애,
설진충, 선채숙, 박금심, 장수옥, 정인숙

출간에 부쳐

임 정 희

임정희

◎ **학력**
　사회복지 석사
　상담심리치료 박사(PHD)

◎ **경력**
　[휴먼스쿨]심청이 마음학교 ZOOM 아카데미 교장
　한국인성교육실천협회 회장
　동그라미심리상담센터 센터장
　동그라미 요양보호사 교육원 원장
　한국전문상담학회 전임교수 및 임상감독
　에니어그램 임상전문가
　생애설계 상담전문가, 전직지원 상담전문가
　한국방송통신대학교 · 성결대 · 신한대 · 부산과기대 · 경인
　여대 강사 역임
　서양화가(개인전 5회), 한국미술협회 회원, 인천시 초대작가

◎ **자격 · 논문 그 외**
　자격 : 사회복지사, 평생교육사, 청소년지도사, 생활스포츠 지
　　　도사, 직업능력개발훈련교사 4종(사회복지, 청소년지도, 보
　　　육, 평생직업교육), 심리상담사 등 국가 및 민간자격 50여
　　　종
　박사학위 논문 :《중년 남성의 은퇴 이후 심리 경험과 사회
　　적응 과정에 관한 현상학 연구》
　출간 :《재취업전직지원서비스 효과적 모델》
　　　　《신중년 도잔과 열정》
　　　　《언택트 시대를 주도하는 나는야 6학년 핑크팽귄》
　발표 : 개인전 5회(서양화), 모노드라마 1회
　언론 보도 : 육아방송 전문가 칼럼(2016)
　　　　　　공감방송 명사초청(2016)

'心청이 마음학교'는 국내 1호 마인드토탈테라피스트이 자 통합예술치료전문가인 임정희 박사가 설립하였다. 임 정희 박사는 그동안의 수많은 임상 경험을 통해 사람에게 있어 '나를 들여다보고 내보이기 위한 작업'이 얼마나 중 요한지를 실감하고 있었다. 때문에 사람들의 마음 건강 을 위해 心청이 마음학교를 만들어 자신의 내면을 매체를 통하여 치유와 성장하는 '心봤다 프로그램'들을 기획하였 다.

心청이 마음학교에서는 많은 심리 치료 프로그램을 운 영하고 있지만, 특히 '心봤다 프로그램'으로 '영화 치료', '독서 치료', '그림책 자서전 과정', '8가지 의식의 풍요를 선물 받는 축복으로의 명상 과정', '윤보영 시인님과 감성 시 쓰기 과정' 등이 진행되고 있다.

펜데믹 이후 많은 사람들이 혼돈 속에서 내몰리는 삶 을 살고 있다. 사람들의 불안 심리는 증폭되고 감성은 점 점 메말라 가고 있다. 이때 우리의 마음을 치유해 주는 키 워드가 '감성'이다. 그리고 시는 이를 도와주는 아주 훌륭 한 매체이다.

시는 말로 되어 있는 그 무엇이고, 말이란 사람이 그의 마음에 있는 바를 일정한 음성으로 표현해낸 것이다. 감성 시는 강렬하면서도 간결한 인간 본성의 언어여서 누구에게나 진솔한 감정을 불러일으킨다. 또 정신적인 고통과 어떠한 갈등에 직면했을 때 해결 방법을 제공할 수 있는 치료 수단이 되기도 한다.

心청이 마음학교 감성 시 쓰기 과정은 코로나 블루 시대에 감성 시 쓰기를 통해 자신을 테라피하고 사회적 우울감을 극복한 훌륭한 사례가 되었다.

사람에게 감성은 매우 중요하다. 시는 정신적 혼란을 극복하기에 좋은 매체이고, 감성 시는 마음 치료 그 자체다. 부디 펜데믹으로 인한 혼돈의 시기에 감성 시를 통하여 어려운 상황을 이겨내고 함께 감동을 나누어 그늘진 마음이 따스한 빛이 되기를 바란다,

아름다운 감성 시로 씨줄과 날줄의 조화를 이뤄 아름다운 세상을 구현하기 위해 함께 출판하시는 14분의 시인님과 주옥같은 시를 창작하는 데 도움 주신 윤보영 시인께도 깊은 감사를 드린다.

心청이 마음 학교 교장
임 정 희 박사

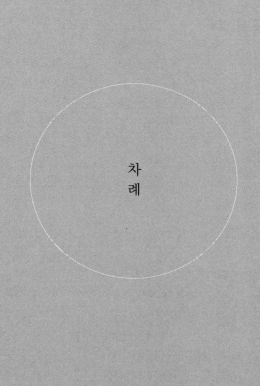

차
례

내 영혼의 쉼표

임정희

상담심리치료 박사(PHD)/사회복지 석사
[휴먼스쿨]심청이 마음학교 ZOOM아카데미 교장
한국인성교육실천협회/회장
동그라미심리상담센터/센터장
동그라미 요양보호사 교육원 원장
한국전문상담학회 전임교수 및 임상감독
에니어그램 임상전문가,
생애설계 상담전문가, 전직지원 상담전문가,
한국방송통신대학교 · 성결대 · 신한대 · 부산과기
대 · 경인여대 강사 역임
서양화가(개인전 5회), 한국미술협회 회원
인천시 초대작가

010-2755-0736
인천 동구 화도진로 2 송림빌딩 301호
동그라미 요양보호사교육원
lih9922@naver.com
블로그 https://blog.naver.com/lih9922

시인의 말

지금껏 한시도 쉬지 않고 달려왔습니다. 재능이 많고 열정이 넘치다 보니 세월은 순식간에 흘러 어느새 6학년이 되었습니다. 문득, 이제 한숨 고르며 영혼의 감성을 깨우고 싶다는 생각이 들었습니다. 그리고 저뿐만 아니라 앞만 보고 달려온 경주마들에게도 쉼표를 제공하고 싶었습니다.

그렇게 열정적인 삶 속에 미쳐 따라오지 못한 영혼을 기다리는 쉼표와 같은 〈심청心聽이들의 감성 시 쓰기〉 프로그램을 마련하게 되었습니다. 정서적 카타르시스를 경험할 수 있는 장이 되었기를 바랍니다.

자기 자신을 들여다보고 마음의 평온을 얻는 일은 쉽지 않습니다. 본 과정은 제게도 시를 쓰며 마음 깊이 평화와 행복을 깨달을 수 있는 귀중한 시간이었습니다. 시를 통해 나를 얻으니 감사할 따름입니다.

연습

임
정
희

보슬비가 내리는 날!
영정 사진을 찍고

저승사자의 안내에 따라
그곳에 도착했다.

소풍 길,
마지막 손편지를 쓰고
한 평 되는 그곳에
타인의 손으로 입혀져야 할
꼬까옷을 내 손으로 내가 입고
누웠다.

가슴 위에 두 손을 얹었다
관 뚜껑이 닫혔다
의외로 덤덤하다.

그런데
하늘로 올라가려는
내 발목을
잡는 것이 있었다.
사랑이었다.

그 사랑
이제 기다리지 않고
먼저 다가가겠습니다.

사랑해,
사랑해,
사랑해!

그래도
당신을 사랑해

장미

임정희

기다려집니다.
당신 닮은 5월이

화사한 웃음과
빨간 넝쿨 장미로
다가올 5월을

5월이 되면
사랑한다고 말하겠습니다

장미꽃을 들어도 좋고
얼굴이며 가슴에
장미꽃을 피워도 좋고

보기만 해도
가슴 벅찬 그대에게
고백하겠습니다

편지

딸아,
나에게 세상은 광활한 대지였단다
때론 가지가 부러지는
아픔과 슬픔도 있었지만……

삶의 조각을 맞추어 보니
활짝 핀 목련꽃이 되었구나

딸아,
내가 소풍 길을 마치고
네 곁을 떠나더라도
늘 든든한 후원자로
나는 너를 응원한단다

홍매화

임
정
희

엄동설한 빗장 걸고
그대 생각에
그리움만 키우더니

어느새
연분홍 저고리
차려입고
님 마중에
환한 얼굴로 미소 짓네

내 안에서
물씬!
매화 향기가 나네.

엄마

그립고
그립고
그립다……

나를 바라보는
눈빛이 그립습니다

나를 보듬어 주시는
마음이 그립고

나를 위해 맛있는 음식을
만드시는 그 손길이 그립습니다

세월이 지날수록
더 그리운 당신!

오늘,
당신이 더 그립습니다.

6학년

임
정
희

학년이 높아지면
헛기침을 하거나
서글퍼질 때가 있다

하지만 나이를 말하는 사람보다
물어본 사람의 눈빛이 다르다

나는
지금의 내가 좋다
사랑으로 사람을 볼 줄 아는
내 나이가 좋다

나는야!
아직 가슴에 꽃 봉오리 맺은
6학년.

멍

잠깐의 방심으로
다리에 멍이 들었다
아프겠다.
미안해

잘 돌보지 못한 몸에게
사과했다
앞으로 조심할게~

대답 대신 웃음이 달려나와
멍든 다리를 어루만진다.

커피

임
정
희

커피는 생각과 여유,
그리고 쉼을 준다!

그 커피에
그대 생각을 담아 마신다
미소가 인다

선물

고맙습니다
의미 없이 보았던 것들을
당신을 통해
의미 있게 볼 수 있어서

그대가 나에게 선물입니다

별

임
정
희

고맙습니다
의미를 두지 않고
지나며 보았는데……

당신 눈빛에 담긴
그 별이 나인 것을 알았습니다

지금부터 그대는
나에게 선물입니다

내 생각할 때마다
반짝이고 싶은 별입니다

본다는 의미

누가 나를
계속 보고 있다면
나는 수줍어 고개를 숙이겠지……

하루 종일
뚫어져라
보는 스마트폰

얼마나 긴장될까?
애인도 아니면서

새 달

임
정
희

매일, 그리고 한 달
모두 모여 12달
그 한 달이 지나갑니다

그대 그리움을 가득 채울
1년을 만들며 갑니다

이제 겨우 시작입니다

파랑새

행복을 찾아 집을 나섰다
사방을 둘러봐도
파랑새는 없었다.

실망하고 집으로 돌아왔다
파랑새는 집에 있었다

할 수 있다는 자신감
이미 내 안에 날고 있는
파랑새를 몰라봤다.

스트레스

임
정
희

넘치면 독이 되어
나를 해치지만
적당하면 나를 성장시킨다.

사랑도 그렇다
그래서
가끔은 시치미를
떼어야 할 때가 있다

아닌 척,
안 그런 척 한다.

페르소나

하루에도 몇 번씩
바꿔 쓰는 가면
진짜 나는 누구일까?

그대 앞에 서 있는
지금의 나!

좋아하는 마음
벗지도 못하고
올곧이 그대만 생각하고 있는
나는 누굴까?

개망초

임
정
희

왜 이름이 개망초일까?
곱고 아름다운 너

하찮고 흔하고
잡초라 부르면서
대접이 소홀해도…….

너를 보면 볼수록
예쁘게 느껴지는데

무리지어 있으면
더 아름다운 너

세상에 잡초는 없다
다만 그 가치를 모를 뿐!

세상에 잡초는 없다
가슴에 꽃을 달고 있으면
활짝핀 꽃을
가슴에 담고 있으면……

명상

임
정
희

바삐 돌아가는 일상에서
지긋이 눈을 감고
만나는 그대!

그대를 만나면
편한 느낌이다.

새가 되어
훨훨 날아 다니는……

가끔은
그대 가슴에 배달되어
사랑을 전하는
편지가 된다

전깃불

그대 있음에
밝은 세상을 볼 수 있고

그대 있음에
따듯한 곳에
몸을 눕힐 수 있고

그대 있음에
사랑하는 이의 얼굴로
들여다 볼 수 있고

내 안에
그대 생각이 있다

어두운 마음을 환하게 밝혀
얼굴 가득

꽃피게 하는
그대가 있다

임
정
희

생강차

알싸한 맛과
향을 지닌 그대는
마음까지
따듯하게 데워 주는
능력이 있다

그대가 가까이 있으면
그대 앞에서는
감기도 도망가고
아픈 무릎도
언제 그랬냐는 듯

사랑도 아니면서
가끔은
사랑처럼 나를 데운다

마음 한 자락

김인숙

나무 그리기를 좋아하는 감성 시인
화야산 얼음물 시인

前 경기도 가평 북중학교, 가평 목동초등학교,
목동초등학교 병설유치원, 명지분교/교장

한양대학교 상담심리학 석사
강원대학교 국어교육과 학사
춘천여자고등학교 졸업

010-9229-5672
경기도 양평군 양서면 북한강로71 빛가람빌리지
103동 301호
5672kis@gmail.com

시인의 말

어려서 시를 좋아했고 교단에서 아이들에게 시를 가르쳤습니다. 시를 함께 쓰면서 기뻤습니다.

딸과 함께 느끼며 써 내려간 시.

일상이 시가 되어가는 것은 함께 하고자 하는 마음이 커져서일 겁니다.

줌 강의에 들어가느라 땀 뻘뻘 흘렸어요. 신나서 웃고, 울고, 글을 썼습니다. 딸과 줌으로 만나는 온라인 시대, 언택트 시대에 멀리서 함께 시를 썼어요.

딸과 나누는 대화가 한 줄의 시로 다가오고, 남편과 나누는 사진 한 장, 문자 한 줄이 제 마음에는 시가 되었습니다. 노트에 오랜 세월 적어둔 시를 다시 꺼내어 지금 마음을 다시 담아보았습니다. 그때도 좋았던 내 마음이, 그때도 아렸던 내 마음이, 지금 내 마음으로도 살아납니다.

시를 쓰는 목적은 감성을 일깨우고 살아가기 위한 것이고, 당신과 눈 마주치며 이야기하는 목적은 당신을 만나 웃기 위한 것입니다.

화야산

김인숙

화야
이름이 예쁘다

화야산
오늘은 얼음이 얼었다
영하 10도
화야 웅덩이에 얼음을 깨고 몸을 담근다
팔 다리가 시리다가 아리다

물 냄새에 젖어 든다
명상이 깊어진다
화야산에 깊이 안긴다

그대가 아리도록 그립다

마음 한 자락

가진 건
마음 한 자락

줄 건
마음 한 자락

그것
뿐이오

그래도 사랑하는 마음은
산이고
바다랍니다

자연애(愛)

김
인
숙

산은
예봉산

산기슭
작은 집
자연애(愛)

막걸리 한 잔
전 한 접시에

그대와
마주앉으니
웃음이
두 접시네

내 나이

나이가 많다
마음은 15세!

산이 좋아
물이 좋아

화야산 골짜기를
매일 찾는다

예쁜 나이
사랑 가득한 나이

그대 그리움으로 가득한 나이
마음에 날개 단 나이

꽃처럼
꽃밭처럼
가슴 가득
웃음을 담고 사는 나이

김
인
숙

두물머리에 핀 꽃

두물이 만나는
두물머리!

그리움 담은
두 마음이 만나
두물머리로 흘러

그대 생각 가득한
내 가슴에 모이네

보고 싶은 마음
꽃으로 피우기 위해

두물머리

김
인
숙

양수리엔
두물머리
있어
남한강 북한강이
만나
두물머리라네

내 마음엔
그대가
있어
늘
두물머리지

두물머리 2

강을
따라가는
길

길을
따라가는
강

두물머리
따라가는
둘레길

사철
아름답지?

자전거

김인숙

두물머리 올렛길 따라
바람을
가르며
달리는
자전거들

자전거에
잠자리가 앉아 가네

잠자리야
너도 나처럼
그리움 찾아가고 싶니?

귤

딸이
보냈다는
귤 한 박스
언제 오나
방문 열어 놓고
내다본다

내게 먼저 온 너의 마음
귤보다 먼저 도착한 기다림이
자꾸
마음을 잡아 끈다
가는 대로 두었다

귤을 보낸 딸
참 많이 보고 싶다

귤 2

김
인
숙

딸이 보내 준
귤
이처럼
달콤한 건

아하!
네 마음까지 담아서야
귤은 핑계
보고 싶은 마음 참기 위한 핑계

너의 생일

아이야
네가
나에게로 와서
태어나 주어
고맙다

너를 낳은 것이
내가 한 일 중
제일 잘한 일이지!

강아지야
너도
기쁘니?

그래서
가슴에 담고

하루 종일 싱글벙글   김
                                        인
                                        숙

생일인 오늘은
열두 번도 더 꺼내 보며
싱글벙글

전깃불

전깃불은
방을
환하게 밝히는 게 목적이고
그래서 좋고

그대 생각은
내 마음을
환하게 밝히는 게 목적이고
그래서 더 좋고

파로호

김인숙

이른 아침
물안개
피어오르는
파로호

나룻배는
한 줄기
흰 선을 그리네

그리움이
안개처럼
피어올라

진하게
번지네.

가을 아침

산 밑
황토방
한 칸

마당에
구절초가
가을을 수놓았던 그대 모습이
그려졌다
보고 싶다

눈

김
인
숙

소복소복
온 세상을
하얗게 칠하며
내리는 눈

지운 눈 되어
얼마나 큰 얼굴을 그리려고
밤새워 내릴까?

겨울 나무

잎이
떨어진 나무
쓸쓸해 보였는데

오늘따라 나무가
멋져 보인다

여유 있고
아름답네

혹시 나무가
그대 보고 싶은 마음 미리 알고
위로해 주는 것 아닐까

눈길

김
인
숙

아무도 밟지 않은
눈길!
내 뒤로
누가 지나갈까?

지난 날의
마음에 담았다가
담긴 대로 머무는 그대
그대 생각이 따라 걷네

여기가

눈을 뜨고
주변을 본다

여기가 어디일까?
낯선 곳!
꿈을 꾸고 있다

꿈이었다
꿈 속에서 갔던 곳
어디든 상관 없다

지금이 좋다
그리워할 수 있는
이 순간이 좋다

항해의 의미

김
인
숙

한 사람은
편하게 항해하고 돌아왔고
한 사람은
고생을 많이 하고 왔다

나머지 한 사람은
초죽음이 되어 돌아왔다

누가
현명한 항해를 한 걸까?

혹시 항해가 내 사랑이라면
상관이 있다
도착만 하면 되니까

산속 오두막 식사

산속 오두막
아침 식사

누룽지
끓이고

반찬은
깻잎 절임 한 가지

그대 그리움 얹어
아침을 먹는다

넉넉한 아침상 앞에서
그대 생각으로
꽃까지 피운다

그리운 그대가 있어
훌륭한 아침 식탁

마음의 온도

김라미

시각화 전문가, 디지털 비쥬얼라이저, 라미작가

성남시 청소년 국악관현악단 가현/영상 담당
前 리틀스타 치어리딩 서포터즈/대표맘
제24회 화동미전, 경인미술관, 2019
제100회 고대미전, 세종문화회관, 2010

前 (주)텔레칩스/마케팅 커뮤니케이션 총괄
前 미국 시애틀 이동통신사 Associate SW 엔지니어

고려대학교 사범대학 가정교육학과/학사
Seattle Central Community College,
Wireless Communication Technology
/Associate Applied Degree

블로그: 라미작가의 디지털 비쥬얼라이저 놀이터
blog.naver.com/paminar

010-8988-0211
경기도 용인시 수지구 성복2로 86 LG빌리지 1차
116동 401호
paminar@naver.com

시인의 말

좋아하는 사람들과 이야기하면서 듣는 말들이 저에게는 꽃 같습니다. 엄마와 감성 시 쓰기 수업을 함께 했어요. 시를 공부하는 엄마를 화면으로만 보아도 즐거웠어요. 언택트 시대를 제대로 즐기게 되었습니다.

일상에 귀 기울이고 바라보자 아무것도 아니던 것에도 감동하게 되었습니다. 아이가 건네는 말 한마디가 아름다워서 적어 놓고 바라보았습니다. 남편이 하는 행동과 마음 한 자락도 달리 보게 되었습니다. 이것이 시의 힘인가 봅니다.

마음으로 들은 말을 놓치고 싶지 않아서 말로 담아 놓았습니다. 글로 꺼내어 여러분께 고이 접어 보냅니다.

미온수

김
라
미

찬물 반
뜨거운 물 반

내 온도에 맞추는
너의 손길

네 마음의 온도가
나에게로
들어와
사랑이다

보고 싶음 반
그리움 반
물은 꽃차가 된다.

찻잔

그대가
건네는 찻잔!

찻잔에 담긴 차가
따뜻해요
은은해요

그대 마음
다가와 담겨서일까요

그대 보고 싶은
내 마음 담겨서일까요.

진달래

김라미

꽃잎부터 왔어요
그대 보고 싶어서

겨우 내 보고 싶다가
살며시 고개 내밀었어요

뭐가 그리 보고 싶다고
얼굴부터 내밀고 보나요?

햇볕 받아 속이 다 비치는 것이
내 마음 같네요.

백신

오다가다
들르는 곳

뚝 끊긴
발길

턱 막힌
살 길

다시
흘러야 사는
지나가는 길

내 가슴에서
물 흐르는 소리가 들린다

길이 열린다.

물

김
라
미

지난 주
영하 18도
수도가 얼었다
마음이 얼었다

미안해
그대 생각하는 걸
잊었지 뭐니

댓글

네 마음에
다는
댓글

내 마음에
달리는
댓글

마음을
이어가는 댓글은
사랑을 이어 주는
연결고리

그대 마음에
댓글을 단다
좋아해도 되냐고

그대가 보고
놀랄까봐
비밀번호를 건다
그대가 볼 수 없게
나만 여는 비밀번호를 단다.

김
라
미

마음 꽁꽁

길도 꽁꽁
마음도 꽁꽁

호호
그대 생각으로
마음부터 녹인다

이제
그대 찾아가는 길
녹일
차례

보고 싶다

양말

김
라
미

건조기를 열었다.
양말이 나왔다.
많이 더웠지?

건조기가
그리움이었다면
묻지도 않았다.
더운 마음이 당연했을 테니까.

아들의 마음

아들이 마음을 말합니다.

어릴 때는
푸릇푸릇 퐁봉하다
말했는데

지금은
부르붕붕해
라고 말한답니다.

그래도 다행입니다
아들이나 나나
부모님이나
할아버지나 할머니도
사랑이
아직은 사랑이라서

별

김라미

춘천에서
하늘을 올려다보았다
하늘을 덮은
수많은 별들

별이 만든
얼굴 하나
마음에 품었다
그대 얼굴이라서

이유

네 생각에
날개가 달렸나 봐

산 너머에서 꺼냈는데
차로 달려와도
이렇게 보고 싶은 걸 보면

사랑

김라미

보낸 사람
귤이 제주도를 출발했다고
너에게로 가는 중이라고.

받는 사람
귤은 제주도를 출발했다 하고
나에게로 오는 중이라고.

귤을 기다린다
너를 기다린다

사랑도 귤 같았으면

내 생각은 가는 중
네 생각은 기다리는 중.

귤이 사랑이었으면,
네 마음 담긴 내 생각이었으면

꽃

꽃 한 번 보고
엄마 생각하고

꽃 한 번 보고
엄마 생각하고
엄마 얼굴이 꽃으로 핀다

보고 싶은 엄마
엄마가
내 가슴에
두고두고 보라며
꽃밭을 만든다

엄마

김
라
미

엄마 한 번 보고
시 한 번 보고
내 마음에
엄마가 시다

발자국

눈
발자국
그대 발자국

어디 있을까?
찾았다

그대 발자국이
찍힌
내 마음

발자국 2

김
라
미

눈 위에 남겨둔
발자국

눈 감고도
그대 찾아가는 길

가던 발자국이
돌아온다

내 가슴에
함박눈이 내린다

충전

네 손을 잡았다
기분 충전 완료

손만 잡아도
충전이 된다
넘치기 직전이다.

무선 충전

김
라
미

너를 멀리서만 보아도
힘든 일상
충전된다

보는 것만으로도
이리 기분이 좋은데

다가가서
너를 본다면
고장 나겠지
아마.

머리로 세상을 바꿀 수 있을까?

곱게 기른 머리를
기부하는 마음

엄한 데 머리 쓰지 않고

미소로 키우고
사랑으로 키우는
하루하루

아무리 머리 써도
안 풀리는 문제

누군가 미소 짓도록
풀어 주는 그대

그대 생각 한 자락에

싱글벙글

가슴 가득

미소 가득

보배 가득

김
라
미

◎ 머리카락 기증에 대하여 궁금하신 분은
   http://www.givehair.net/ 을 참고해 주세요.

따스한 손

긴 세월
얼굴도
옷도
기억이 나질 않아요

손에 남은
따스한 온기만
자욱이 담겨 있어요

그대 따스한 마음과 함께
그때 그 기억으로
내 가슴 한 켠에
새겨져 있습니다

가족

최성임

아이랑어린이집 원장
경기북부 더감동 교육심리센터 연구원
버츄다음세대연구소 연구원
버츄FT(퍼실리테이터)

010-9120-5830
경기도 양주시 화합로1426번길 39. 105동 1103호
choicatz@naver.com

시인의 말

공부하는 원장에서 시 쓰는 원장으로 드라마틱
한 변화를 가져다준 감성 시.

　가정과 직장에서 바쁘게 살면서 공부하는
원장으로서 생각할 시간이 없었습니다.

　감성 시를 쓰면서 연필이라는 작은 사물도
그냥 지나치지 않고 관심을 가지고 사유할 수
있었습니다. 잠깐 깊은 관심과 생각, 이것이 제
삶에 쉼을 주었습니다.

　또한 감성 시를 쓰며 말하고 싶었습니다.

　"우리 가족들, 사랑합니다."

통로

최
성
임

길에 놓인 시멘트 파이프.
아이가 안으로 들어가며
따라 들어오라고 한다.
아
너에게 가는 통로였으면
좁아도
웃으며 들어갈 텐데

마데카솔

상처에 딱지가 앉았다
간지러워 긁은 자리
피가 난다
자꾸만
덧나는 내 상처!
이젠
너라도 아물어 줄래?

손톱

최
성
임

쑥쑥 자라렴.
슬픔 아픔
다 잊어버리게.

별

엄마
별은 왜 반짝여?
밤에도
예쁜 네 얼굴 보라고.

요리

최
성
임

고기가
익고 있다
내 마음도
쫄깃해진다
함께 먹은 당신
당신이
엄지척
최고라고 해 주겠지?

꽃차

마른 꽃 한 개에
따뜻한 물 한 잔
찻잔에 꽃이 피었다.

향기가 좋다며
얼굴에 꽃을 피웠던 그대!
그대 얼굴이 피었다.

초파리

최
성
임

초파리가 날아다닌다
휙!
손을 펴 보니 없다

어릴적 파리를 잡아
기절시킨다며
자랑하던 너!

네가
날아다닌다.

겨울 나무

출근길에
가지 자른 나무

하늘을 향한
거칠고 단단한
땅의 손

오늘은
저 손을 꼭 닮은
아빠가
보고 싶다.

점

최
성
임

입술 밑에 점
지우개만 있다면
지우고 싶어.

"너는 점도 예쁘네"
한마디에
점이 사라졌다.

천생연분

하품하고
너를 보니

너도
하품한다.

역시
너.

결혼앨범

최
성
임

앨범을 펼쳐들고
"벌써 결혼했어?"
"응."
"내가 결혼하려고 했는데"

내 결혼을
안타까워하는 아들

키재기

우와!
2센치나 자랐네
나 크는 거 싫은데
나 크면 엄마
할머니 되잖나
나 안 크고 싶어!

그러면서 크는 아이
그러면서 자라는 사랑

달력

최
성
임

벽에 달력.
눈여겨본 적 없다.

달력에 동그라미.
무슨 날인지 알 수 없다.

내 가슴에
그 달력이 있다.

기억하면
너무 아파
애써 관심 없어 하고 있는

비밀

엄마
나 비밀이 있어요.
엄마랑 아빠랑 할머니랑 할아버지랑 사랑해요.

그래
나도
같은 비밀이 있단다

내 가슴에
네가
제일 예쁘게 핀
꽃밭이 있거든

귓속말

최
성
임

엄마, 집에 밥 있어요?

엄마, 집에 반찬 있어요?

할머니 우리 집에 가요.

오늘
우리 상에
웃음이 오르겠다.

자기를 위한 인간

책상의 책 한 권
"자기"가 "나"를 뜻하는데
당신 생각했다
나
자기밖에 안 보이나 봐

대일밴드

최
성
임

굳은살
조금만
돌봐 주지 않으면
터져 버리는 너

내가 안아 줄게.

어머니

엄마!
하면 괜찮은데
이렇게 부르면
눈물이 나와

예외

최
성
임

우유 먹으면 키가 커?
당연하지
그럼 엄마도 먹어!

엄마처럼

일어나자
일어나야지
아이는 깨지 않는다

여기저기
주무르며
기다린다

밤잠을 쫓고
아침을 응원한다

내 엄마가 그랬듯이

내가 찾아 헤매인 꽃이 나였음을

심은영

미용기능장
직업훈련교사
아나하타요가앤명상 대표
요가 지도사
명상 지도사
아유르베다 지도사
아로마테라피스트
색채심리상담사
문학심리상담사
플래너 강사
르네셀 마스터

유튜브 지금마인드tv
블로그 https://blog.naver.com/sey0331

010-8498-0101
전남 영광군 홍농로546 한수원 사원아파트
119동 704호
sey0331@naver.com

시인의 말

미용학 교수를 목표로 강의하며, 미용장 취득까지 전력질주하던 20대를 지나, 세 아이 출산과 육아, 여러 환경으로 많은 것을 내려놓으며, 우울과 좌절로 헤매던 30대를 지나가고 있습니다.

오랜 시간을 진정한 나를 찾아 심리학을 공부하며, 치유를 위한 요가, 명상에 정진하였고, 마음의 꽃을 피우려 써 내려간 감성 시들로 시집을 출판하게 되어 무척 벅찬 시간입니다.

나를 허용, 존중, 사랑하고 토닥여주는 시간이었습니다.

꽃을 꽃 자체로 느낄 수 있었고, 내가 꽃이여야 꽃을 볼 수 있음을 깨달았습니다.

머리가 아닌 마음으로 보며, 모든 것이 연결되어 있음을 자각합니다.

사랑하는 남편, 희락, 희망, 희서에게 감사와 사랑을 전합니다.

마지막으로 사랑하는 가족들, 사실학교 친구들과 기쁨을 함께하고 싶습니다.

나의 앞으로가 너무나 기대됩니다. 사랑하고, 감사합니다.

Amazing my life.

산후우울증

심은영

아직 아이가 진짜 아이를
낳아서 너무 두려웠겠구나
갑자기 어른이 되어 버려
힘들었겠구나
괜찮아
잘하고 있어
그래 누구나 다 아이였고
누구나 이렇게 어른이 되어가
괜찮아

감사축행

감사해서 안아 주고 싶고
사랑해서 뽀뽀해 주고 싶고
축복해서 쓰담듬어 주고
행복해서 미소 짓는다
너를 보며
그런 나를 보며

그럴 때래요

지금이 가장 힘들 때래요
가끔 말썽 부리고
투정부릴 때도 있지만
지금이 가장 이쁠 때래요
잠자는 모습도 예쁘고
내 품에 안길 때는
더 예쁘고
그래요 당신 정말 대단해요
아껴 주고 참아 주는 당신
지금이 가장 행복한 때예요

별동자

별을 따다 눈에 넣었니!
눈동자가 별동자가 되었구나
반짝이는 네 눈에
소원을 말하고 싶다
하늘을 보아도
네 눈보다 더 반짝이는 별은
찾을 수가 없구나
너는 우리집 별
꿈을 주는 은하수

선택

감사가 포기일까?
만족이 욕심일까?
이번엔 어떤 선택을 할까……

커피

향기가 좋아서 한 번
색이 고아서 한 번
맛이 부드러워 다시 한 번
그러다 정이 들어 버렸네
애인도 아니면서
애인처럼 시도때도 없이 찾게 되었네

꽃   심
은
영

조금씩 아주 조금씩 열리는
꽃봉오리 속에
향긋한 너의 얼굴
가슴이 뛰네
그대를 담고 있는 나무가
흔들리게 뛰네
드디어 피었네
내사랑

추운 날

추운 날
이불은
나를 포근하게
덮어 주고
추운 날
그대는
나를
포근하게 안아 주고

어느 날

어쩌다 이렇게
날 찾아왔니?
갑자기 찾아와도
이렇게 기분이 좋으니
안 왔으면
어쩔 뻔했니!

봄

겨울이 지나간다
바람이 부드러운 걸 보니
새싹 향이 느껴진다
아~
봄이 오려나 보다
봄따라
그대도 내 안에 왔으면

히야신스

심은영

봄이다
향기롭고 예쁜 꽃에
또 반했다
어쩜 이렇게 예쁠까
혹시
네가 꽃으로 온 거니?

산책

한 걸음 한 걸음 걷다 보니
익숙한 이 길
돌아보니
네 생각만 하며 걸어왔네
혼자인 줄 알았는데
너와 함께 걷고 있었네

바램

심은영

바람에
낙엽이 날아간다
바람아
날 좀 날려 주겠니
그대 곁으로
멀리서라도 좋으니
바라만 볼 수 있게

벚꽃 공연

향긋한 꽃향기가
나를 초대했다
연분홍 꽃잎들이 흩날린다
바람에 박자를 맞추며
춤을 춘다
햇살을 만나 반짝이며
신이 난 꽃잎들
벚꽃 공연이 시작됐다

너

심은영

예쁘다
예쁘다 하니까
끝도 없다
너는 왜
끝도 없이 예쁘니
내 가슴을 열어도 너
들고 있는 커피 잔에도 너
그 끝은 어디니

흰 머리

흰색으로 올라오는
머리카락들
이제 익어가는구나
열매를 맺기 위해
사랑을 해야겠다
내 사랑은
어디에 있을까

할아버지의 믹스커피

심은영

할머니 먼저 보내고
그리움을 달래며 드시던 믹스커피
큰 아들 먼저 보내고
쓸쓸함 달래며 드시던 믹스커피
쓰디 쓴 인생의 무게를
견딜 때마다
할아버지가 드시던
달달한 커피
당신을 보내고
마셔봅니다
믹스커피 속 달콤하게 웃는 당신
당신이 그립습니다

아버지

똥 묻은 바지를 팔아서라도
가르친다 하셨었죠
강인한 생활력으로
삶에 자신을 묻고
당신 몸은 돌보지 못하셨죠
아버지의 희생으로
저희는 잘 있어요
보고 싶어요
사랑합니다
그동안 하지 못한 말
이제야 합니다

첫째 아들에게

심은영

미안해
처음이라 미숙해서
고마워
이런 기쁨 처음
느끼게 해줘서
사랑해
서툴지만 온전히 집중해서
행복해
네가 나의 아들이라서

꽃봉오리

초록빛 새싹이 올라와요
잎사귀가 피어나네요
얼마나 고생이 많았니?
반갑다 꽃봉오리
가슴에서
그대를 기다리는 그리움도
꽃처럼 나타났으면
만날 수 있었으면

가슴 속 울림

신대정

한국NLP최면 상담학회 부회장
오룡초등학교 교장
하우투라이프자격발급교수(서울 강남)
前 강진교육지원청 교육장

교육학 박사 상담심리학 전공
NLP 트레이너, 최면심리상담사,
비대면 온라인 강사, 유머스피츠강사,
프리페어 인리치(부부)공인 상담사,
게슈탈트지도자, 에니어그램1급,
변화심리상담사 1급,
한국상담학회 전문상담사2급, 중독 2급

010-5718-5178
전남 무안군 삼향읍 남악5로22번길 34
오룡초등학교
djteach0284@hanmail.net

시인의 말

/

학창시절 국어 시간에 시를 접하고 직접 써 본
다는 것은 어렵게만 인식되어 있었다. 그러나
윤보영 시인을 만나고 새로운 시각의 감성 시
를 써 보니 용기가 생겼다. 쉽게 시에 접근하여
시상을 일깨워 주는 명강의를 들으며 점점 감
성 시를 보는 시각이 키워지고, 마음이 편해지
며, 따뜻해 지고 있음을 알게 되었다. 윤보영
시인을 알게 된 건 영광이며 행운이다.

수강생들이 시집을 만드는 계기 또한 굉장
한 행운이다. 이 행운을 계기로 4월 쯤 개인 시
집을 낼 계획을 갖고 있다. 징검 다리를 놓아
주신 동료분들께 감사드린다.

마지막으로 2020년 하반기 심청이 마음학
교에 인연을 갖는 순간이 내게는 행운이었다.
내가 평소 그토록 배우고 싶은 마음과 관련된
강의가 개설되어 있었고, 하나씩 해결해 나가
며 나를 성장 시키는 계기가 되었다. 임정희 박
사께 감사 드린다.

핸드폰

신
대
정

하루 종일 보고도 허전하다
그대의 마음 있을까 문자를 뒤적인다

보고 있는 핸드폰이
가슴을 보란다

그대 생각 가득 담긴
그리움을 어찌 알고.

야생화

넌지시 보아도 아름답다
가까이 보면 더 아름답다

담고 와서 보니 향기까지 난다
너는 꽃
내 가슴에 핀 꽃.

한눈판다

신
대
정

꽃밭이다
예쁜 꽃 앞에서
한눈판다

그대 닮은 꽃이라
한눈팔았으니
부디 용서해 주기를……

최고

자기가 최고라며 개굴개굴
청색, 반대, 우물, 단조로움
청개구리는 청개구리가 최고

그대가 최고라며 엄지척!
노란, 찬성, 폭포, 다양성
나는 당신이 최고.

가슴에 띄운 버드나무

신
대
정

너무 급해서
물에 담긴 버드나무 잎까지 마셨네

알고 보니 버드나무 잎이
당신 그리움이었네.

로또 당첨

로또 당첨
기대하다 잠이 들었다

로또 당첨!
너무 좋았다

꿈을 꾸었고 깨나서 알았네
당첨된 로또는 당신이었다는 사실.

봄

신대정

비바람, 폭설, 앙상함
추위, 코로나 아웃
겨울로 말끔히 지우고

꽃잎으로
새싹으로
새소리로
그대가 내 가슴으로 오는 봄

그대
타향간 지 오래
기다림……
아름다운 모습 그립다
꽃이 되어 내게 온 그대.

채송화

화단에
채송화 꽃이 피었다

낮게 핀 만큼
더 화려하게 핀 꽃

내 안에 담겨
작아도
내 전부를 차지하는 꽃
그대 닮은 꽃!

백합

신
대
정

백합이
꽃을 피웠다

향기가 너무 진해
가끔은 멀리 하고 싶었던 꽃

하지만 그대는
백합보다 향기가 진해도
날 일편단심으로 만드는 꽃

내 가슴에 피어
오히려 날
행복하게 만드는 꽃.

낙엽

단풍잎이 떨어지고 있다
떨어진 자리마다
새순이 돋을 생각에
웃으며 떨어지는 잎
가슴으로 떨어진다

그리움 담아
커피 마시는 나에게
새싹을 돋아 내라며
사랑을 느껴 보라며.

꽃밭에서

신
대
정

꽃밭에
채송화와 봉숭아가
한창입니다

오빠 대신
내 안의 그대 불러
꽃 구경을 합니다

서로 가슴에
꽃으로 핍니다.

나와 그대

다다익선
많을수록 좋다는 말이 있어요
그렇습니다
있을 수 있습니다

하지만
사람은 다릅니다
많을 수록 좋은 것이 아니라
늘 많아야 하는 것이
사랑이니까요.

장미

신
대
정

울타리 장미
예쁘게 피었습니다
향기가 진합니다

알고 보니 장미꽃이
당신 얼굴이었네요
예쁜 얼굴
아름다운 향기!

울타리 장미 꽃은
사람들 보라고 피어 있고
내 안에 장미 꽃은
나를 보라고 피어 었고

장미 꽃은
울타리에 피었고

그대 얼굴은
내 마음에 피었을 뿐.

등나무

신
대
정

등나무 정원이
그늘을 만들고
꽃과 향기를 품어 냅니다

그대 그리움 가득 덮인
나처럼
등나무도
꽃과 향기가 가득한가 봅니다

이심전심
등나무 그늘 아래서
한참을 앉았다 왔습니다

다음에 가서는
일어설 때
모자라는 것 같아

등나무를 가슴에 옮겼습니다
밤새
그대가 보고 싶어 혼났습니다.

가을

신대정

낙엽이 떨어진다
하염없이 쌓인다
쓸쓸함!

하지만
떨어진 낙엽은
그대 생각
쌓이는 건
그리움!

가을이 좋다
그대는
더 좋다.

비

비가 내린다
온 종일 오고 있다

빗방울 하나마다
그대
생각 담아서
내 그리움에 담는다

비가 그쳐도
참 많이 보고 싶다.

그대 사연

신대정

편지에 적은 사연
지우개로 지웠다

빈 공간이 남아
그대 얼굴을 그렸다

바쁜 일상을
그리움으로 지웠다
그때 그린
웃는 모습이 남았다

지울수록
더 선명해 지는 모습

그래서
수시로 지운다
지우면서
수시로 웃는다.

연못에 핀 꽃

연꽃은
연못에 피어
더 멋진 연못을 만들고

그대 모습은
내 가슴에 피어
더 행복한 나를 만들고

둘 다 아름답다
둘 다 예쁘다.

아름다운 갈대

신
대
정

갈대가
바람에 흔들린다

그대 생각에
아파하는 내 앞에서

보고 싶은 대로 생각하고
그리운 대로 그리워 하라며
훈수까지 해 가며 흔들린다

그 갈대
내 안에서 흔들린다.

그리움처럼

바다는
배, 갈매기
구름, 섬
다 담고도 모자라
더 깊어지고

그대 그리움은
보고 싶은 마음, 함께 걷던 길
웃는 얼굴, 함께 나눈 얘기
다 담고도 모자라
더 깊어지고.

일상 공감

최나진

진심리상담센터 센터장
아동비전형성 전문 강사
아동일반상담

사회복지사, 한국어교원, 가족상담사,
국제공인 프리페어 인리치 부부상담사,
미술심리상담사, 애니어그램 1급,
중독심리상담사, 분노조절상담사,
복지레크레이션 1급, 힐링지도사 1급,
웃음지도사 1급, 다문화심리상담사,
노인심리상담사, 인지행동상담사,
행동수정지도사, 문학심리상담사, 웰다잉상담사,
색채심리상담사(일본 라이센스)

010-4088-4520
경기도 성남시 수정구 산성대로249번길 16-2
3층
najin2012@naver.com

시인의 말

윤보영 시인과 함께하는 감성 시 수업을 들으면서 처음에는 잘할 수 있을지 걱정이 되었습니다. 시에 대한 두려움으로 가득 찬 시작이었습니다.

그런데 한 주 한 주 회를 거듭할수록 제 안의 소녀가 눈을 뜬 것 같아요.

나를 알아 가는 과정이며 나를 표현하는 내보이기를 통해 저는 내면의 아름다움을 꽃 피울 수 있었습니다.

저의 소박한 시를 읽으면서 여러분들도 말랑말랑하고 뽀송해지는 행복의 씨앗을 느껴 보셨으면 좋겠습니다. 행복하세요.

핫팩

최
나
진

오늘도 출근길에
너를 찾는다.
이 겨울을
따뜻하게 보낼 수 있게 도와주는 너
마음조차 데워 가며
애인 흉내 내는 너

돈

참 신기하다.
말도 못 하는 네가
애인도 아니면서 울리고 웃게 만든다.

애인이면 더 좋게

검색

최
나
진

인터넷 검색에서
궁금한 내용을 찾는다.
사랑이 부족했나!
이 많은 소식 속에서
그대 이야기 없어
내 그리움만 커지네.

청계천

청계천 고가도로를 철거하고
맑은 물이 흐른다.
흘러흘러 한강으로 가듯
이 그리움 속 그대 생각도
바쁜 일상을 지우며
흘러흘러 그리움 속으로 모이겠지.

거울

최
나
진

너를 보며 나를 본다.
전에 없던
흰 머리카락이 보인다.
매일 아침 생각 없이
들여다본 거울
거울을 뒤로 넘긴다.
바쁜 일상이
순식간에 지나간다.
맞다.
흰 머리카락은
내 일상에 놓아 둔 의자!
이제 즐겨야겠다.

다리

시작과 끝을
연결해 주는 너
우리를 연결해 줄
튼튼한 다리!
내 안에
다리를 놓았다.
보고 싶은 마음을
그대 모습에 놓았다.

전화

최
나
진

누구에게는 기다림으로
누구에게는 안타까움으로.
표정 없이 전해 주는 너
그래도 기다리게 하는 너

지하철

정확한 시간에
나를 찾아오는 너
너를 기다리는 내 마음은
꽃을 띄워 놓고 기다림.

서울역

최
나
진

서울역은 언제나 분주하다.
서울역은 늘 시끄럽다.
서울역은 항상 설렌다.
너를 만나러 가는
그 길에
마음 설레던 서울역
내 가슴에 간직된
서울역은
오늘도 붐빈다.

건조기

너에게 다녀오면
언제나
뽀송뽀송
기분을 좋게 해 준다.
나도
너에게 갔다 오면
마음이 뽀송뽀송해질 텐데.

사랑

최
나
진

연필은 지울 수 있게 자유롭게 쓰고
볼펜은 지울 수 없어
조심해서 씁니다.
그래서 첫사랑은
연필로 쓰고
내 사랑은
연필 위에 볼펜으로 다시 적습니다.

생수

등산하다가
목이 말라
물을 마셨다.
시원하다.
살 것 같다.

이제는
내 옆에 없어서는
안 될
당신처럼.

정해진 답으로 대답만 해

최
나
진

이미 답은
정해져 있어요.
알죠?
내가 당신을 사랑하는 것.

바나나우유

바나나우유가 맛있다.
엄마 손 붙잡고
일요일마다 목욕탕에 갔었지
목욕 끝나면 어김없이 마셨던
우유!
오늘은
그리운 맛이 난다.
어머니
당신이 보고 싶어요.

보일러

최
나
진

비가 내려
보일러를 틀었습니다.
방바닥이 뜨끈해집니다.
몸도 마음도
뜨거워졌습니다.
그대 생각까지 하고 있으니
보일러
줄여야겠습니다.

커피

창밖에
비가 내립니다.
커피를 탔습니다.
커피 향에
그대 그리움이 베었습니다.

나
잘 지내고 있어요
당신도 잘 지내시죠?

장마

최
나
진

오지 말랬더니
기어이 왔구나
첫사랑을 두고
너 혼자 오다니
올해는
며칠이나
머물다 갈 거니?

돋보기

글자가 잘 안 보여서
돋보기를 썼다.
보인다.
잘 보인다.
돋보기처럼
너도 보고 싶다.
돋보기에 GPS가 있다면
네가 있는 곳으로 데려가
네 마음을 보여 줄 텐데.

치즈케이크와 커피

최
나
진

카페에 들러
치즈케이크와
커피를 시켰다.
촉촉하고
부드럽고
고소하고
은은하게 퍼지는 커피 향
당신 만날 때
그 기분은 아니지만
그래도
달콤하네요.

TV

너를 통해 나는
세상 모든 것을 느끼지.
오늘은 어떤 이야기를 해줄 건데?
혹시
내가 좋아하는 사람
그 사람 소식
전해 주는 건 아니지?

쉼

안귀옥

안귀옥법률사무소 대표 변호사
사단법인 임마엘 이사장

인천 최초 여성 변호사(1997년 개업)
국방부 군인권자문위원
보건복지부 장기요양심판위원
인천광역시 환경분쟁조정위원
해양수산부 인천시선원노동위원회 공익위원
인천구치소 초대교육분과위원장
인천농아인협회 수어통역센터 운영위원
인천변호사회 초대여성위원장
인천광역시 미추홀구 한의사회 고문변호사
한국자산관리공사 고문변호사
법무부 인권강사

010-4088-4520
경기도 성남시 수정구 산성대로249번길 16-2 3층
najin2012@naver.com

시인의 말

50여 년 전 국민학교 때 동시를 써서 학보에 실린 일이 있었다.

시인이 되고 싶었다. 문학소녀를 꿈꾸기도 했다. 누구나 그랬듯이.

그리고는 잊었다.

매일을 숙제처럼 열심히 해치우는 일들 속에 묻혀서 살았다.

우연한 기회에 임정희 선생님으로부터 시를 공부해 보자는 연락을 받았다. 처음에는 웃었다. 내가 무슨……

그다음에는 진지했다. 할 수있겠다. 아직 감성이 살아있네……

지금은 그냥 들여다 본다.

시험보지 않는 시 공부인데 뭘……

동인지 시집을 낸다는 것은 내 버킷리스트에는 없는 일이었다.

모든 것에 감사한다.

파란 하늘

안
귀
옥

비행기야
네 날개에
내 마음 얹어서
아들들에게 전해 주렴

내 안에 비행기를 띄운다
보고 싶은 아들아!

가슴에 비행기가 날아간다

겨울 나무

눈을 얹은
나뭇가지는

무거울까
가벼울까

사랑이라면 무겁고
그리움이라면 가볍고

눈

안
귀
옥

솔가지 위에 쌓인
눈꽃

너의 순백에
내 마음이 설렌다

사랑이라 부를까
그리움이라 부를까

눈은 내리는데

눈은 내리는데
따뜻한 이유!

그대 그리움을
눈꽃에 담아 와서일까요?

그 마음 열면
보고 싶은 마음에는
봄꽃이 가득 피어 있는 가요?

여전히 눈은 내리고
여전히 그대가 보고 싶고

차창에 부딪히는

안
귀
옥

유리창에 부딪친
눈송이

눈이 아플까
유리창이 아플까

아니
안 아플 거야
서로 좋아하니까

그대 가슴에 안기면
안 아픈 것처럼

정리

쓰는 것도
정리라고 했지요

영양크림
듬뿍 퍼 발랐더니
이쁨은 더 펴지네요

그래요
사랑도 그랬으면 좋겠어요
그대 생각 듬뿍하고
예뻐졌으면 좋겠어요

그대 좋아하는 꽃

안
귀
옥

꽃의 시작은
웃는 얼굴이라 했지요

보이는
모든 것이 꽃이네요

꽃이 너무 많아
꽃밭이 되면 어쩌지요

점 하나

점 하나
찍으면
님도 남이 된다지요

더 사랑해야 겠어요
점으로 찍히지 않게

그런데 어쩌죠

바다보다 넓은
그리움에
그대 생각이
섬으로 놓여 있는데

또

안
귀
옥

남편이
또
병원에
입원을 했다

이번엔
중환자실이다

보고 싶다
빨리 오면 좋겠다

남편의
퇴원을 기다리며
내 가슴에
간절한 나무 한 그루 심었다
사랑으로 가꾸는 나무

아파 보니 알겠다

다리가 아파 보니
안 아픈 게
행복인 줄 알겠다

다리가 아파보니
그동안 얼마나
혹사시켰는지 알겠다

다리가 아파보니
그동안 얼마나
무심했는지 알겠다

사랑도
아파 보면 안다

다리와 달리

아파도 시간이 지나면
아픔을 잊을 수 있다는 사실을……

안
귀
옥

용서

신호도 없이
옆 차가
불쑥 끼어들어
깜짝 놀랐어요

그래도
용서해야 겠어요

나도 가끔은
신호도 없이

보고 싶은 마음에
그대 곁으로
불쑥 다가선 적 있으니까요

날이 추워서

안
귀
옥

참 좋다
그대 품이
더 많이 생각나서

그 품이
내 안에 있어서
눈치도 안보고

참 좋다
움츠린 만큼
그대 생각
더 할 수있어서
참 좋다

그대 품같이
따뜻한 마음을
웃으며 내어 주는 당신!

소나무

사시사철
푸른 건 소나무지요

사시사철
그리운 건 그대이고요

소나무는 산에 자라고
그대는 내 가슴이 자라지만

소나무는 푸르게만 자라고
그대는 웃음꽃도 피우지요

손등

안
귀
옥

소나무 껍질은
거칠어도 깊이가 있고

그대의 손등은
투박해도 정이 있지요

거친 소나무 껍질은
세월을 말해 주고

투박한 그대 손등은
가족 사랑도 담고 있어요

송화가루

화분을 머금은
송화야
참 곱다!

너를 빚어
떡을 쳐서

그대와
나누고 싶다

당연히
사랑을 더 얹어서
행복에 담아서

소나무에 내린 봄

안
귀
옥

소나무에
봄이 내린다

지난 해 솔잎은
빛바래 떨어지고

새 봄 맞은 솔잎에
푸른 봄이 내린다

기운 찬 새 솔바람
그대에게 날린다

지난 해 돋아나
아직 자라고 있는
바쁜 일상에
여유가 돋아나라고

피곤

피곤에
절은 몸
곧 쓰러질 것 같은데

몽롱한 정신을 깨운다

수고한 당신!
잠시 쉬라고
더 많이 사랑한다고

이 말을 전하고 싶어서
가슴에 별이 나오고
얼굴 가득
웃음꽃이 핀다

참 이쁘다

안
귀
옥

화초에 물은 주니
참 이쁘다

파란 잎에
송송 맺힌
물방울!

그대에게 선물할
구슬인 듯
보석인 듯
내 마음인 듯

5080을 위로하며

숙제하듯
살아온 삶

그래도 괜찮아요

이제 알았으니

살아갈 삶은
유희가 될 테니까요

더구나 곁에
꽃밭도 있고

더불어 가꾸며
함께 걷는
숲길도 있는 걸요.

별별 사건

안
귀
옥

이혼법정
아내에게
별다른
잘못이 없어 보이는데
이혼을 하잖다

다른 여자가
생긴 걸까?

아니겠지
다른 이유가
이유겠지

행동을 보고
이혼을 하라고 해야 할까
이혼을 말려야 할까

별별 사건에
별 하나가 더 늘었다

시를 쓰면 상처도 꽃이 된다

김근영

셀프힐링3651 오티움연구소 대표
심리상담전문가
국제 공인 PREPARE ENRICH 상담사
대구대학교, 선린대학교, 애듀사이버대학교 외래교수
대구대학교 청소년정신건강연구소 연구원
호정감정코칭아카데미 경북지부장
포항교도소 교정위원
인성교육 전문 강사
해병대리더십 전문 강사
한동대학교 상담심리 석사
대구대학교 상담학 박사 수료

010-2050-7802
포항시 남구 송도해안길12 3층 셀프힐링3651
오티움연구소
self-healing3651@naver.com

시인의 말

'시를 읽으면 상처도 꽃이 된다'는 말이 있듯이
"시를 쓰면 상처도 꽃이 됩니다".

심리 상담을 전공하고 강의를 하면서 감정
이 무엇보다 중요함을 알고 있습니다. 마음 열
기가 힘든 곳에서 강의 할 때도 시 한 편이 마
음을 여는 데 중요한 역할을 하고는 합니다.

시를 읽고 낭송하면서 나의 시를 쓰고 싶다
는 생각을 하고 있었는데, 윤보영 시인의 감성
시 쓰기를 만나 감성 시를 쓰게 되었습니다.

감성시를 쓰면서 눈과 귀, 몸과 마음이 행복
해지고 모든 감각이 깨어나는 경험을 했습니
다. 자연에 감탄하며 세상을 아름답게 보고, 사
랑스런 눈빛으로 사람을 바라보며 소리에 귀
기울이고 향기에 빠지는 경험을 했습니다.

앞으로 강의나 심리 상담을 할 때 시를 알리
고 싶습니다. 마음이 힘드신 분들에게 시 처방
전을 드리고 감정 터치가 되어 힘든 마음에 따
뜻한 봄을 가져다 주고 꽃 피울 수 있게 선한
영향력을 나누겠습니다.

깜박이

김근영

자기야
우측 깜박이 넣어야지
아!
말 안 해야겠다
운전 중인데
내 마음 향해
깜박이 켜면 안 되니까.

깜박이 2

차는
좌측 우측
가고 싶은 방향으로
깜박이 등을 켜고

나는
좌우사방
그리움을 향해
그대 생각을 켜고.

좋은 이유 김근영

봄
여름
가을
겨울

더도
덜도 없이
늘 같은 마음으로 생각나니
날마다
최고로 보고 싶을 수밖에.

텀블러

텀블러 속에서
소리가 난다
뜨거운 온도 때문일까?

내 안에도
소리가 난다
그리움 속으로
그대 찾아
달려가기 때문일까?

맨발 걷기

김
근
영

어제 모래사장은
얼음장이었는데
오늘 모래사장은
따듯한 구들방같다
마치
내 안에서
그대 생각 꺼냈을 때처럼.

시계

멈춘 시계가 놓여 있다
애써 가려 하지 않는다
그냥 받아들이기로 했다.
내 안에 가득한
보고 싶은 마음
그냥 마음속에 간직해 둔 것처럼.

시계 2

김근영

멈춘 시계에게
그대 보고 싶은 마음을
넣어 준다면
다시 갈까?

모래

모래 위에
지워질 줄 알면서
사랑이라 적었다

내 안에 새겨진
당신 사랑은
영원하니까

모래 위에
적는 동안만이라도
더 깊게 생각할 테니까.

함께

김
근
영

오랜만에 바깥 나들이
따뜻한 공기
시원한 바람
다 좋다
내 안의 당신과 함께라서
더 좋다

생각만 해도
이리 좋은데
그대를 만난다면
가슴 가득
꽃까지 피울 텐데.

안녕

봄 안녕
꽃 안녕
당신 사랑 덕분에
모두가 안녕!

당신을 만난다면
가슴 가득 꽃을 담고
안녕?

쿵

김근영

떨어지는 낙엽에
심장이
쿵!
떨어지고 말았어

너
나
책임져!

봄

봄이다
꽃도 피고
아지랑이도 피고
당신에 대한 내 사랑도 피고

봄이다
아직은 기다리는 봄
그대가 온다면
완전한 봄!

감정

김근영

용서는 나를 위한 것이고
사랑과 행복은
우리를 위한 거니까
행복하기로 했다
용서는 기본이고
사랑은 덤이니까.

별빛

눈부신 별빛보다
은은한 별빛이 더 좋다
화려한 사람보다
따뜻하고 부드러운 사람이 더 좋은 것처럼

하지만
당신이라면 다 좋다
어느 한 곳
흠잡을 곳 없을 테니까
다 좋다.

표현

김근영

칭찬은 나의 입으로
관심은 나의 눈으로
나눔은 나의 손으로

미소는 나의 얼굴로
사랑은 나의 가슴으로

당신 향한 내 마음으로
사랑을 만듭니다

귀여운 윙크로
따뜻한 포옹까지 더해
선물합니다.

허그

사과를 깎을 때
깎고 있는 사과가 놀라지 않게
톡!
톡!
들고 있는 칼로 신호를 주어야 합니다
당신에게 갈 때는
당신이 놀라게
소리 없이 뒤로 달려가
백허그를 하겠지만.

사랑꽃

김근영

추운 겨울이 지나
들판에는 봄이 왔습니다.
차가운 내 마음에도
꽃이 피고
그대 생각이 들어왔습니다

내 안에서 싹이 트고
사랑으로 자라면
행복이 달리겠지요

내 마음에
봄이 왔어요
그대가 왔어요.

선생님

엄마~
왜?
선생님 이상해!
뭐가 이상해?
방학동안
신나게 놀다 오라 해 놓고
숙제는, 왜 이렇게
많이 내 주는 거야?

액자 속 딸

김근영

책상 위 액자 속
피아노 치는 예쁜 공주
보고만 있어도 사랑스럽다
너 생각만으로
엄마 가슴은
음악이 흘러 넘쳐!

초대

나는
꿈에서
그를 보았다

그는
나를
보지 못했다

나는
그를 초대했고
그는
나를 초대하지 않았다.

일상에 감사

백정애

전통놀이·전래놀이 강사
서울 양천구 문예체 강사
전래놀이·도서 활동 서울특별시장 표창장 수상
블로그 : 타임머신 타고 전래놀이

010-2335-9099
서울 양천구 중앙로 30길 10 2층
bja620@naver.com

시인의 말

평범한 일상에서 행복을 느낍니다.
생각의 나래를 펼치길 좋아합니다.
길 걷기를 좋아합니다.
자연의 소리에 관심도 많습니다.
상큼한 바람에 마음이 흔들립니다.
살맛 나는 세상에서 함께여서 행복합니다.

기록

백
정
애

생각에 한계가 있어
기록을 남깁니다

노트
수첩에
스마트폰에

기록을 뒤적이다
보물인 엽서를 찾았습니다

그대
내 앞에서
환하게 웃던 모습

나에게는
그대가 보물입니다

어느 하나
소중하지 않은 것이 없는
보물이 맞습니다.

까치밥

백
정
애

창문 너머 보이는
까치밥 하나

주인의
넉넉함이 보인다

홍시에게 새가 오듯
내 안에
자리 비워 둔 의자에
너는 언제 올 거니?

단골 미용실

커트를 했다
파마도 한다
염색을 할까?

웃었다
무얼 해도
다 예쁜
거울 속의 나를 보고
웃음이 나와서 웃었다.

대면 비대면 시대

백
정
애

혼자면
혼자라서 좋고

함께하면
함께라서 좋은데

"어떻게 견디냐?" 한다
왜
견뎌야 하지
즐기면 될 텐데

내 안에
들꽃 한 송이 피워 두고
그대 찾아 나선다

나는 지금
봄을 즐기는 중!

라디오

백
정
애

어렸을 때부터
기상 나팔은
아버지의 라디오 소리

그때 아버지처럼
나도
틈만 나면 라디오를 켠다

아버지 보고 싶은 오늘은
기억을 켠다
아버지 목소리가 들린다

보고 싶은 아버지
한 번
딱 한 번만이라도
볼 수만 있다면.

백목련

백조
날개를 펼친다
하나, 둘, 셋
하나, 둘, 셋

눈처럼
눈이 부셔
셀 수가 없다

내 가슴에
그대가
목련꽃으로 피었다.

블로그

백
정
애

돈 안 들이고

집을 얻었다

주소도 있다.

변신

도리도리를 알려 주면
도리도리

곤지곤지를 보여 주면
곤지곤지

잼잼을 얘기하면
잼잼

내일은 또
무엇을 보여 줄까

날마다
내 기대를
올려 주는 너.

블로그 2

백
정
애

전통놀이
전래놀이로 블로그를 썼다

노크 없이 찾아온 너
댓글이 달려 왔다

내 가슴에
미소를 달았다.

산책

너무 그리워
숲속을 걷습니다

나무도 걷고
하늘도 걷고 새들도 걷고

내 마음은
오래 전부터 그대 향해 걷고.

세월

백
정
애

먹을 게 없어 귀로 먹었나
목소리만 커지는
84세 엄마

언제부턴가
목소리가 커진다는
소리를 듣게 된 나

우리는
익어 가는 모녀.

스마트폰

선이 없다
한계도 없다

꺼내면 꺼낼 수록
신기한 손 안의 마술

네 생각까지 담고 있어
밉지 않은 너.

스마트폰 2

백
정
애

누군지 알 수 있다
누군지 모를 수 있다
얼굴도 볼 수 있다
목소리만 들을 수도 있다

스마트폰을 보다가
꼭 너 닮았다
이 생각에 웃었다

너 닮았다고.

예뻐요

"꽃집에 아가씨는 예뻐요"
노래 가사처럼

봄꽃은
잎이 나오기도 전에
꽃봉오리를 터트립니다

내 안에서
그 꽃을 찍는 그대는
더 예쁩니다.

세탁소 풍경

백
정
애

단골 세탁소에
바지의 폭을 줄여 달라고 했고
딱 맞았고

와이셔츠 드라이를 해 달라고 했고
깔끔하게 돌아왔고

내 그리움에도
단골이 있다면
매일 만나게 해 달라고
부탁하면 들어주는.

줌(ZOOM)

얄미운 애가 왔다
만남이 줄었다
마스크도 등장했다

철새가
텃새로 되듯
그냥 줌(ZOOM)을
그러려니 하고
받아들여야겠다.

여름 햇살

백
정
애

여름 장마 뒤
따가운 햇살
나뭇가지에 앉았다

엊그제 태풍은
지워 버린 채
산뜻한 기분을 만들어 보란다

네 생각만
하게 만드는
밉지 않은 너 같다.

줌(ZOOM) 2

한 번
두 번
세 번
서울에서 부산으로
부산에서 샌프란시스코로

가슴과
가슴으로
무 선 통 화 중.

정수기 앞에서

백
정
애

온수를 누르면 뜨겁고
냉수를 누르면 차갑고

정수를 눌렀다면
바로 통했으려나

마시기 좋을 만큼
딱 그만큼

보고 싶을 때마다
넘치는 그대 생각
견딜 만큼
딱 그만큼.

참기름

참기름, 참깨, 떡국 재료
무, 배추,⋯⋯

택배가 한 아름 왔다
엄마가 보내셨다

'그만하셔라'
'그만 하마' 하시다가도
때만 되면 보내는
엄마 마음

함께 보낸
고소한 참기름보다
더 고소한 사랑

엄마 사랑!

美 · 愛
— 당신이 꽃입니다

설진충

문학심리상담사
상담심리학사, 사회복지사, 행정사
前 광명시 사회복지국장, 환경사업소장
평생학습사업소장
중앙대학교 행정대학원 졸업

010-3756-0934
경기 양주시 삼숭로38번길 190 자이아파트
503동 402호
woolim01@daum.net

시인의 말

문학 소년의 꿈을 접고 40여 년간 지방행정인
으로 먼 길을 돌아왔습니다.

그 여정에서 아리고 슬프고 보람된 일들이
있을 때마다 떠오르는 것은 시와 인생이었습니
다.

코로나19로 지친 일상에서 불현듯 스치는 바
람이 그동안의 삶을 뒤돌아보게 합니다.

부족하지만 틈틈이 써온 감성 시를 통해 일
상의 삶 속에서 조그만 행복과 깨달음을 느끼
고 모두가 행복하면 좋겠습니다.

바람에 찢긴 돛처럼 너풀거리는 세상을 하
나로 꿰맬 수 있는 바늘은 오직 사랑뿐입니다.

응원한다!
기도하는 마음으로
믿는다.
잘 되리라는 것을!

봄이다

설진충

봄 기운이
물씬 풍기는 이맘때면
그대가 생각납니다
봄을 맞은 들판에는
그대가 좋아하는 꽃이 되고
봄을 맞은 내 마음에는
그대 얼굴이
웃음꽃으로 피거든요

손

힘들고 지쳤을 때
잡아 주는 손이 있다면
얼마나 좋을까요
그 손이
늘 보고 싶은
그대 손이라면 얼마나 좋을까요
그래서
기다림
기다림
기다림

끌림

마주 서서 당기는 것은
서로에게 다가가는 것
그대와 나 사이에
좋은 감정이 있다면
그 감정으로
다가가겠습니다
그대도
당겨 주길 기다리면서
다가가겠습니다

젓가락

한쌍의 젓가락처럼
영원히 살아가요, 우리
가까이 있을 때 몰랐지만
그대가 잠시 떠나있을 때
그 자리가 너무 컸어요
한 쌍의 젓가락처럼
행복하고 싶어
젓가락이 놓일 테이블에
사랑을 올립니다
꽃처럼 웃을 당신을 위해 올립니다

시계

시계가 간다
휴일에도 쉬지 않는
그대 생각처럼
휴일에도 간다
내 그리움처럼
쉬지 않고 간다

커피 향

갓 내린
커피 한 잔을 마신다
아마
그때도 그랬지
그대 만났을 때
연한 커피 향기를 지우고
그대 얼굴만 보게 했지

커피 향이 진하다
그대 생각에
견줄 만하다

생각

설
진
충

아침에 눈 뜨면
좋은 생각 하나
점심에 문득
다시 그 생각
저녁 해를 바라보며
오늘 꺼낸 그 생각 편집합니다
그대 웃는 얼굴이 됩니다
오늘도
성공입니다
싱글벙글!
저절로 웃음이 나옵니다

선물

사람이
사람에게 줄 수 있는
최고의 선물은
언제나 변함 없는
마음이라 했습니다
나는
오늘도
당신에게
안부를 전합니다
최고의 선물을 준비합니다

보이스톡

설
진
충

아픈 오빠 걱정하던 딸
대학 나와 타국으로 떠났다
외국에서 돈 벌어
외국에서 같이 살자고 했다
대견스러운 딸
전화가 왔다
반갑고
함께 사는 것 같다
보이스톡 무료 통화라
날이 새는 줄 모른다
날마다 통화해서
좋기는 하다
외국 가서 함께 사는 것
그것마저 잊을 정도다

커피

커피는
그리움
그대 생각을 담으면
생각을 꺼낼 수 있고
덜고 싶은 마음을 담으면
얼굴을 그릴 수 있고

오늘도
커피를 마셨다
마신 만큼 그립다
보고 싶다

아메리카노 커피

설
진
충

아침에 눈 뜨면
커피가 생각나
점심 먹고 졸음이 와도
커피가 생각나

저녁이 되면
커피가
자기 대신
그대 생각을 내미는
센스!

꽃도 사랑 같아서

왜 꽃을 보고 싶었을까
왜 꽃을 심고 싶었을까
그리움에
그대 생각을 담듯
꽃도 사랑이니까
그대를 대신할
핑계가 될 수 있으니까

봄 눈꽃

설진충

입춘과 우수가
엊그제 지나갔는데
춘삼월에 눈이 내렸다
밤새 많이 내렸다
동지팥죽 드시고
떠난 줄 알았는데
그대처럼 반갑게 내렸다
덕분에 눈이 내렸으니, 이제
그대 생각 실컷 할 차례다

벚꽃 길

해마다
활짝 웃는 모습으로
어김없이 돌아오는 너
긴 기다림 끝
향기까지 품고
웃고 있는 꽃!
웃다가 꽃잎 지는
벚나무처럼
내 외로움도
그대를 만나 웃다가
사라졌으면

오는 봄

설
진
충

버들강아지 실눈 먼저 뜨고
잔설 녹은 계곡물
실개천으로 내려오면
가슴에 귀를 기울입니다
보고 싶은 그대
봄에 묻어 올까봐
흐르는 물에
그리움 흘러내릴까봐

숲

새벽잠 깨우는
딱따구리 소리에
아침 해가 밝아 오면

여기서 사랑을 시작합니다
그대 만날 때처럼
술렁이는 행복이 만들어집니다

사랑 커피

설진충

커피 한 잔으로
하루를 연다
매일 마시는 커피가
오늘따라 쓴 이유!
그대가
보고 싶어서

소나무처럼

천보산 자락 소나무
홀로 뿌리 내려
외로움을 간직하고 있다
바람에 뽑혀도
운명이라 생각하고
다시 일어난다
살다 보면 지칠만도 한데
날이 갈수록 푸르러지는 즐거움
바빠도
바쁜 많큼
더 웃는 나를 닮았다
나를 지켜 주는 소나무
내 가슴속에서 자란다

산길에서

설
진
충

나무는 열매를 맺어
산짐승에게 사랑을 베풀고
나무의 숨결은
가지를 벌려
그늘을 베푼다
옹달샘에 물이 고이듯
정을 나누어 주는 샘물처럼
인생의 갈 길을 알려 주는
들꽃
꽃처럼 살고 싶은 나는
네가 부럽다
사랑이 부럽다

거목

나무
한 생애를
푸르게 살고
거목이 되었다
울고 싶지 않아도
저절로 울게 되는
힘든 세상에서
나는 차라리
슬퍼도 저절로 웃는
바람이 되련다
거목 옆을 스쳐가는
웃음 많은 바람이 되련다

꽃씨

선 채 숙

임상심리사
사회복지사
직업상담사
인생설계지도사

010-2642-8330
충남 서천군 두왕길 22번길 4
scs5028@hanmail.net

시인의 말

이제는 천천히 걷고 싶다
아름다운 노래를 부르고 싶다
시를 쓸 수 있도록
장을 열어 주신 커피시인 윤보영 시인, 마음
학교 임정희 박사,
마음님들 감사합니다.

하얀 눈물

선
채
숙

사무실 원탁 의자에
우리 팀이 모였다
하얀 종이 눈물을 오려서
눈 밑에 붙이고
Q 싸인이 들어오면
흐느끼는 연기를 해야 한다
정들었던 사람을 보내는 이별식
슬픔을 웃음으로 승화시킨다
창밖 처마 끝에서 녹은 눈이
우리 대신
눈물을 흘린다

아름다움

왜가리 한 마리 옆으로
브이 자를 그리며 날아가는 철새들
홀로 날개를 활짝 편 왜가리
혼자여도 아름답다
가슴에 네가 있다면
혼자여서 더 아름답다

기억

선
채
숙

모피 조끼를 입고
눈 내린 자작나무 숲속
호숫가를 걷는다
아버지가 들려준
동화 속 은빛 여우가 달려 나온다
아버지 사랑 속으로 은빛 여우를 따라 걸어간다

얼음

숲속 호숫가 둘레길을 걷는다
가장자리로 얼음이 녹고 있다
언제부터였을까
푸른 숨결 위로 한 겹씩
녹고 있는 마음들
청둥오리 자맥질에 얼음이 빨리 녹는다
그대 생각에 그리움이 녹는다

이쁜이

선
채
숙

　　강아지 이름이 뭐예요
　　이쁜이
　　이쁜아 그러면
　　자기 부르는 줄 알아듣는다고 했다
　　그대에게 이쁜이라고 불러 주었던 시절이 있
었지요
　　이쁜이
　　우리 이쁜이

밤 풍경

까만 밤 눈이 내리고
멀리 산 밑에 마을이 보인다
노란색 등불이 반짝이고
시골 마을의 따뜻한 풍경
그 옛날 추억 속의 집이 보인다
내 속의 그대 그 집을 꺼낸다

날아가지 않은 민들레 홀씨

선
채
숙

겨울 비 맞고 있는 민들레 씨앗들
바람에 날아갔는데
다시 날지 못했나
찬비를 맞고 젖었다
씨앗을 그대 가슴에
날려 보냈는데
먼 데서 찾고 있나
그대 곁에 기다리는 마음

문득

와인 빛 목 폴라를 입고
거울 앞에 섰다
그대 마음은 무슨 빛일까
꽃으로 핀 그대 마음은

사이

한꺼번에 쏟아진 눈으로
마을은 금방 설국으로 되었다
철새들은 나란히 날아가고
그 사이 도로는 접촉사고가 났다
너와 나 사이
일정한 간격으로 다가서지면
폭설이 내려도
괜찮을 텐데

택배

남쪽에서 부모님이 보내 주신 선물
평생을 보내시는 사랑
늘 푸른 사랑의 에너지
오늘은 그 사랑의 답으로
매화 향기를 담았다
봄이 되었으니
꽃처럼 웃으며 살라고

출근길

선
채
숙

멀리 작은 산 밑에 집 몇 채가 보인다
집 옆으로 대나무 숲이 있다
대나무인지, 소나무인지
둘 다 푸르지만
멀리에서도 대나무를 알아보듯
그대도 그렇다
산 너머 있어도 보인다

목적

거리 간판을 본다
화려한 간판들
병원, 약국, 안경, 빵집……
화려해도 안 갈수록 좋은 곳
간판은 한 사람이라도
더 오게 하는 것이 목적
그대는 꽃처럼 삶을 아름답게 하는 게 목적

서해 바다

선
채
숙

검은 바위에 부딪힌 파도가
하얗게 부서진다
분수처럼 솟아오른다
청둥오리 그 파도를 타며
고요히 날개짓이 없다
그대 생각은 다른 생각을 지우듯
오리도 짝을 만나야 한다는 듯
함박눈이 내린다

돌아가는 날

재활용품 통 옆에
까만 전기밥솥이 놓여 있다.
고장났을까
새 것을 샀거나 선물 받았나
수명이 다하고 버려지는 솥
하지만 내 안의 그대는
유통기한 없는 사랑

시간

산이 좋아하는 나무는
그 단단함으로
시간의 흐름을 견뎌내고
그대는
새벽의 성실함으로
세월의 흐름을 이겨낸다

향기

하얀 매화꽃
한 잎
두 잎
향기를 날린다
태평양 같은 그대
마음이 내게 온다

시간 2

선
채
숙

컵라면이 익기를 기다리는 시간 삼 분
카페인이 소화되는 시간 여섯 시간
너의 마음 해석하는 시간은 한 세상!

바닷가 풍경

모래 언덕에 큰 소나무 방풍림
거센 파도가 쉼 없이 몰려 오고
흩어지는 하얀 포말들
바다 물빛도 붉게 물들이는 노을
작고 검은 섬들
찰칵찰칵 사람들의 바쁜 손놀림

원두커피

원두 그라인더를 붙잡고
곱게 갈리도록
계속 돌린다
고요해지면
분쇄된 커피를 잔에 넣고
뜨거운 물을 천천히 붓는다
아 맛있는 향기
그리고 그대 생각

동죽

서면 바닷가 동죽
내가 오는 소리를 듣겠다는 듯
비스듬히 모래에 머리를 묻고
촉수만 내놓았다
다가가서 집어 들면
기다리긴 했지만
아직은 부끄럽다는 듯
내민 촉수를 쏙 집어넣는다

하늘

박금심

공인중개사
문학치료사

010-7149-9191
서울시 금천구 벚꽃로 73, 102동 1501호
(독산동, 금천현대)
ksim5217@hanmail.net

시인의 말

시를 쓸 때 행복합니다.
그리고 조금씩
아름다워집니다.

나의 부족한 시가
누군가에게 아름다움이 되길 바라며

늘 저와 함께 계시는
주님께 감사와 찬미를 드리며 바칩니다.

그리움

박
금
심

내 영혼을 사로잡은 당신은
어느 나라에서 온 꽃입니까?

늘 가고 싶은 당신은
언제부터 나의 고향이 되었습니까?

문 밖에서 나를 기다리는 당신은
어느 누가 심어 준 사랑입니까?

웃음꽃

웃을 땐
다 예쁘다

너라고 어찌 슬픔이 없으랴
너라고 어찌 아픔이 없으랴

웃을 땐
다 꽃이 된다

모래의 꿈
박
금
심

나를 밟고
오순도순 얘기하며
사랑이 깊어 갔으면

나를 보고
고와서 좋다며
웃을 수 있으면

내 위에 누워
하늘의 별을 헤며
행복하다고 말할 수 있으면

그대가
그랬으면 좋겠다

상추쌈을 먹으며

못생긴 것 감싸 주고
맛 없는 것 감춰 주고
부족한 것 덮어 주는

너만 있음 행복한
초록 치마 새악시를
오늘도 내 품에 안는다

우영지에서

박
금
심

바람 없는 날
맑고 잔잔한
물 위

생각 속
아름다운 네가
내 곁에 앉아 있네

서로를
한없이 바라보며
가슴 가득 서로에게
꽃을 피워 주고 있네

둥근 달

달을 보면 설렌다
가슴에 달을 단다

그 달이
내 안을 밝혀
그대 생각을 불러냈다

참 많이 보고 싶다

새의 철학

박
금
심

가벼워야
날 수 있다지요
버려야
떠날 수 있고요

그런데
그대 보고 싶은 마음
버릴 수 없으니
그렇다고
가볍지도 않으니

어쩌면 좋지요
어떻게 해야 할까요

초대

그대를 보면
얼굴에 웃음 꽃

그대를 생각하면
가슴에 불 꽃

꽃 가득 핀
내 곁에
당신!
놀러 오실래요?

웃음 휘파람 박
금
심

새가 휘파람을 분다
첫사랑 그대가 왔나 두리번

휘파람은 언제나 설레임

오늘 나도
웃음 휘파람으로
그대를 설레게 하고 싶다

다시 피는 꽃

나이 들면서
웃음마저 잃는다면
무엇으로 아름다우리요

웃는 얼굴은
젊음보다 아름다운 것
나이든다고 슬퍼 말고
웃음으로 다시 피어나요

그 웃음이
꽃이 되고
새가 날아들고
부드러운 바람이 불게

웃어요
우리

눈을 감으면

박
금
심

눈을 감으면
다
보인다

보고 싶은 거
더
잘 보인다

그 안에
너도
있다

행복

아직도 예쁘다
웃고 있으니

오늘도 행복하다
내 안에 네가 있으니

가슴에
그대를
꽃으로 피운다

잠 못 드는 밤에

박
금
심

그대 생각 더 해 보라고
잠이 자리 피했나

여위어 가는 내 얼굴
커져 가는 그대 사랑

밤마다 다가서는
그대 생각
행복이겠지
행복 맞겠지

웃음에게

어찌하면 너와
가까워질 수 있니?
무얼하면 아름다운 너를
닮을 수 있겠니?

항상 너와 같이 있고 싶어
나를 떠나지 말아다오

네가 있을 때 내가 빛난단다
네가 있을 때 내가 행복하단다

사랑은 만드는 것

박
금
심

사랑은
무언가를 만드는 것

시간을 만든다
너를 만나려고

추억을 만든다
너를 담으려고

생명을 바쳐 만든다
너를 주려고

사랑은
힘을 다해 만드는 것

단풍이 되어

이 한 몸
당신을 향한 사랑으로 타올랐으면

나의 온 존재가
당신의 고운 빛으로 물들었으면

모든 세상이
당신의 사랑으로 번졌으면

단풍이 되어

하루를 보내며 지는 해에게

박
금
심

참 멋진 당신
잘가요
오늘 하루 수고 많았어요

당신이 있어
환하고 따듯했어요
고마워요

내일이면
웃으며 다시 만날 당신
오늘처럼 행복하게 해 주실거죠?
사랑을 담아 주면
더 좋지요

해돋이
– 아차산에서

그대 보려고
새벽 길을 달려왔습니다

애타게 그대
오기를 기다립니다

산 위로
얼굴 드러낼 때
와!

어쩌면 좋지요?
그리운 그대 보고
연실 웃는
바보가 되었으니

봄처녀

박
금
심

보고 싶다
꽃이 피니 더욱

그립다
새싹이 돋아나니 자꾸

차마 볼 수가 없다
아름다운 모습에 눈이 부셔

그래서
마음에 담았다
그대 모습 달처럼 걸고
배부르게 보고 싶어서

하늘

눈을 들어
하늘을 보면
행복하다

거기
다 있다
아름다운 그대도 있다

행복한 소망

장수옥

미술치료사, 심리검사 전문 상담, 언어치료사,
에니어그램 상담 강사, 성폭력 상담 전문가,
가정폭력 상담 전문가, 학교폭력 상담 전문가,
갈등 조정 상담사, 상담 심리치료사
보육교사, 사회복지사, 평생교육사,
다문화교원자격증, 상담심치치료 박사(PHD)

010-2449-9377
인천시 서구 장고개로 309번길 13 효정아파트
가동 107호
cosmos9377@hanmail.net

시인의 말

윤보영 시인은 사진 한 장에 담긴 감동을 아름
다운 글로, 일상을 친구와 이야기 하듯 진실되
게, 꾸밈과 상상을 피하고 쓰라고 말씀해 주셨
습니다.

저는 행복, 따뜻함, 사랑, 사물, 꽃, 시계, 냉
장고, 가스렌지, 옷걸이, 난화분 보이는대로 쓰
기 시작했습니다. 그러자 마음이 기뻐지고 치
유 되고 가슴이 뭉클해지기도 하고 행복한 시
간이 되었습니다.

난꽃 핀 것을 보고 쓰다가 눈물도 났습니다.
교통사고 당했을 때 죽었다고 버려졌던 기억이
있어서 화원에서 버려진 난을 데려 왔는데, 겨
울인데도 2년만에 꽃이 피었을 때 남편이 했던
말이 생각났습니다.

여보! 살아나서 고마워!

사물을 바라봐도 메모가 되고 감성이 풍성
해지니 마음의 평안을 찾게 되었습니다. 기회
를 제공해 주신 임정희 박사께 감사합니다. 윤
보영 시인께도 감사합니다.

해바라기

장수옥

너는
속까지 가득 채우고도
겸손하게 머리 숙였니?
그런데 어쩌니?
나는 가슴에
보고 싶은 사람 얼굴로
꽃을 활짝 피웠는데
그 마음 들킬까봐
좋아하는 마음 감추려고
고개 숙였는데.

금

황금
소금
지금
이중에
가장 소중한 금은
지금이 아닐까요?
그대
생각하고 있는
지금!

행복

장수옥

마음 속의 평화
마음 속의 기쁨
마음 속의 소망
날마다 주인공이 되는 것은
내가 건넨
감사의 말 때문입니다
그럼
이제
사랑해도 되죠?

화사한 미소

기분 좋은 웃음
햇님 같은 웃음
별빛 같은 웃음!

모두가
그대 좋아하는 마음
가슴에 담고
하늘이 된
내 그리움 때문이겠지요?

설 명절

장수옥

나이 한 살 더 주려고
찾아왔으니
기쁘게 맞아야겠다
내 나이 한 살
설날에게 주고
즐거운 일 한 꾸러미
설날에게 받고.

우리

세상에서 가장
아름다운 말
함께 가자!
그래서 같이 간다
양보하고
사랑까지 하며 간다.

냉장고

장
수
옥

음식을 잘 보관해 주는데
고맙다는 말을 못 했네
무겁게 넣어도
말 없는 너에게
미안하다고도 못 했고
아~
그러고 보니
내 안에 담겨
힘들 때마다
내 편 되어 주는 그대에게
사랑한다고도 못 했네.

입추

사랑하는 아들아
오늘이 생일인데도
캐나다에 있는 너는 오지 않고
달력에 표시한
동그라미만 왔다
그러니
어쩌겠니?
달력에 네 생각 가득 붙여
너라고 생각할 수밖에
아들!
보고 싶다.

난 꽃

장
수
옥

장식장 위에 난초가 자란다
추운 겨울에
꽃망울을 보인다
활짝 피겠지
내 가슴에
자존심 세우고 핀
그대처럼
예쁘게 피겠지.

가스렌지

대한이다
몸이 춥다
라면이 먹고 싶어
냄비를 올리고 불을 켰다
라면이 끓는다
그대 생각 할 때처럼
마음이 끓는다.

시계

장
수
옥

쉬지 않고
돌아가는 시계
나는 쉬지 않고 일하면
피곤한데
시계
너 지금
사랑 중이니?

모자

날씨가 춥다
모자를 썼다
머리가 따뜻하다
하마터면
그대 생각하는 줄 알았다.

옷걸이

장
수
옥

오늘 무얼 입고 나갈까?
옷들이 바라본다
가장 따뜻한 옷을 정했다
오리털 코트!
역시 겨울에는
친구처럼 따뜻한
네가 제일이야.

핸드폰

언제나
전화할 수 있게
허락해서 고마워
필요할 때 통화 할 수 있게
마음 열어 감사해
내가
너에게 말하듯 말했다.

딸 생일

장수옥

사랑하는 딸!
출산한 날
시아버님한테
공주 낳았다고
축하금 받았다고 했었지
가족의 기쁨
축하 속에
모든 고통을 담고
축복으로 살아가렴
사랑하는 딸
나에게 태어나서 고마워
행복해.

봄비

3월 첫날
봄비가 내립니다.
마음 적셔 주는 비!
동백나무를 배란다로
옮겼습니다
시원하지?
목욕을 했으니
생기가 나겠구나
잘 자라고
예쁜 꽃을 보여 주렴
마음이 따뜻해집니다
동백꽃이
내 가슴에
미리 피었나 봅니다.

복된 가정

장수옥

웃어요
배려해요
감사해요

고마워요
칭찬해요
사랑해요

이런 가정이
천국이겠지요?
그래요 저는
천국을 가슴에 담고
평생을 살고 있어요
그러니 행복할 수밖에요.

사랑

사랑은 언제나
오래 참고
사랑은 언제나 성내지
아니하고
사랑은
인내하는 것이 아닐까요?
내가 해 보니
참아야 웃음이 먼저 나오고
참아야 얼굴에
웃음꽃도 먼저 피울 수 있었거든요.

코로나19

너는 왜 왔니?
마스크를 쓰게 하고
일상을 답답하게 만들고
나도 이제 자유롭고 싶다
그만 떠나지 않겠니?
네가 떠난 자리에
꽃을 심고 싶은데
내 가슴에 웃음꽃은
준비한 지
오래인데.

씨앗

행복의 씨앗
건강의 씨앗
사랑의 씨앗

행운의 씨앗
희망의 씨앗
나는 어떤 씨앗을 심었을까
어떤 열매를 기다리고 있을까?

건강의 열매가
먼저 왔으면 좋겠다.
100세, 200세?
생각만 해도 기쁘다
웃음이 나온다.

다시 또 시작詩作이다

정 인 숙 ――――

시낭송가
사투리시낭송 전문
서울특별시 전국시낭송대회 대상 수상
김삿갓 시낭송대회 최우수상 수상
인성예절, 전래놀이, 다도예절교육강사
춘향문학회 간행위원장
자연을 담은 건강카페 예가람 대표
〈유명 강사들의 희망 안테나〉(공저)

010-7563-1456
전북 남원시 동헌길 86 예가람
dalgoojii@hanmail.net

시인의 말

시낭송을 하다 보니 시를 많이 접하게 되었습니다. 남원 교육문화회관 문예창작반에서 공부를 했고, 이번에는 〈윤보영 시인과 함께하는 감성 시 쓰기〉에 참여하게 되었습니다.

수업을 통해 윤보영 시인께 많은 도움을 받으며 짧은 감성 시 쓰기에 도전하였는데, 함께 공부한 문우들과 시집 발간까지 하게 되어 기쁘고 행복합니다.

감성 시를 쓰면서 모든 사물을 볼 때 시 쓰기와 연결을 시키려고 노력하는 저를 발견했고 시 쓰기에 많은 자신감을 얻게 된 것 같아서 뿌듯하기도 합니다.

부족하고 바쁜 가운데에서 또 하나의 도전에 성공할 수 있게 도움 주신 윤보영 시인과 심청이 마음학교 임정희 박사께 감사드립니다.

콩고물 비빔밥

정인숙

마을 회관 어르신들
건강체조 마치고 둘러앉아
왁자지껄

인절미가 참 맛있게 되었다고
맛나다, 참 맛나다

콩고물 꾹꾹 눌러
선생님 입에도 한 입
짝꿍 입에도 한 입

많던 밥은 바닥을 보이고
콩고물만 한 그릇

밥 좀 가져와봐 비벼 묵게
옛날에는 다 비벼 묵었당께

손으로 뭉쳐서 입에 넣어 주는 반장댁

때 아닌 엄마 손이 떠 올라
웃음에도 목이 메인다

첫사랑

정인숙

다도 예절 수업 시간
승우와 재현이의 대화

너 첫사랑 있었지
형, 그걸 어떻게 알았어?

그냥
감 잡았지

그래
근데 헤어졌어

못들은 척
미소가 번지고

나는
내 고향 논둑길을 달려가고 있다

바람의 힘

노을이 아름답다

노을을 보면서
집으로 돌아오고

노을을 보면서
아버지 마중도 갔는데

오늘은
고향의 노을이
아버지를 모시고 다가온다

고향이 그립고
아버지가 보고싶다

수선화 　　　　　　　　　　　　　　　　　　정
인
숙

봄은
아직 먼데
언 땅을
뚫고 나온 수선화

추위가
몇 번은 더 올 텐데
잘 이겨낼까

풀을 덮어 줄까
망설이다
들어와 누웠다

걱정은 지워지고
내 안에
환하게 핀 수선화

수선화 좋아했던
그 친구
잘 살고 있을까

벼처럼

정
인
숙

고개 숙인 벼 이삭
가을이 익어 가고 있다

여물어 갈 수록
부러질 듯 몸 숙여 낮추는데

너를 보며
내 속 후비는 친구를 내려놓는다

바람이 달려와
내 볼을 간질인다

어머니

눈이
많이 왔다

싸리 빗자루 들고
차에
수북히 쌓인 눈을 치운다

몽당연필처럼
다 닳아진
어머니가 쓰시던 그 빗자루

어머니 가신 지
어느덧 몇 해

오늘

지금 여기
꿈을 펼친다

그대
나에게 오는 길

차향 가득 피우고
그대 기다리는 꿈을

비

밤 새 내린 비에
땅이 젖었다

봄을 기다리는
마음도 젖었다

땅은 젖어 촉촉해지고
봄은 젖어 따뜻해지고

땅은 내린 비에 표면이 젖고
봄은 내린 비에 마음을 적신다

보름달

정인숙

그대 생각에
올려다 본 하늘
보름달이 차갑다

뚝 따서
가슴에 담는다
따뜻해진다

그대 웃는 얼굴이
달처럼 떠 있다

다람쥐

산길에서
다람쥐를 만났다

소나무 위로 올라가
나를 내려다본다

나도
짝을 찾아가는 중이라며
이해한다는 표정으로 본다

차를 마시며

차 한 잔
마셔야겠다

그대 생각이 건네 준
웃음꽃을 담고
생각을 우린다

찻잔 가득
그대 생각뿐이다

달

너와 헤어지고 돌아오는
어스름 저녁

달이
길을 비춘다

내 안의 그대처럼
따라오며 비춘다

오늘따라
그대가 더 그립다

기다림

자꾸
핸드폰 생각 속을 들여다본다

내가 보낸 편지
읽었나 확인한다

사랑이 부족했나
아직 그대는 부재중

지우개

내 생각 속에
지우개가 있다

가끔은
지우고 싶지 않은 것도
지워질 때가 있다

지워지다
그대 생각까지 지워지면
어쩌지

보름달

정인숙

그대가 생각나
하늘을 본다

보름달이
웃고 있다

내 안에 달을 달았다

그대 얼굴처럼
내 안이 환하다

참 많이
보고 싶다

엄마 생각

내가 힘들어
눈물이 날 때

왜
엄마 생각이 날까

내가 기뻐
웃음이 날 때

왜
엄마 생각이 날까

엄마는
나의 그리움

엄마도 그랬듯
나도 그 엄마

사랑

정
인
숙

버리려 해도
버리지 못하고 간직해온 너

이제는
보내 주어야겠다

너보다
소중한 나를 알았으니까

보내고
또 보내고

다시 보면
그대로인 당신

보고 싶다

콩나물 밥

솥에
쌀과 콩나물을 넣고
콩나물밥을 만들었다

온 가족 둘러앉아
간장에 비벼 먹는다

맛있다며
내 입에 넣어 주는 그대

사랑 맛이
더 좋다

콩깍지

정
인
숙

부부싸움
실컷 하고 화해한 날

여보
내 눈은 동태눈깔인가 봐

왜

당신이
왜 그렇게
섹시해 보이지

빗소리

시골집에
비가 내린다

처마 끝에
흘러내려 패어진 자리

한길만 살아온
어머니

내 가슴
그리움으로 흘러 내리는
보고 싶은 마음

가슴에
빗방울 떨어지는 소리가 들린다

추천의 글

윤 보 영

윤보영
대전일보 신춘문예 동시 당선(2009)
세상에 그저 피는 꽃은 없다 사랑처럼 등 시집 20권 발간
'윤보영 시인의 감성시 쓰기 공식 10'으로 전국 순회 시 쓰기 특강
춘천, 성남, 광주 등에 '윤보영 시가 있는 길' 등 다수 조성.

시는 누구나 쓸 수 있습니다. 시를 쓰고 싶은 분들이 직접 적은 글로 동인 시집을 발간하게 되었습니다. 지금까지 시를 쓰고 싶어도 시간적, 경제적, 지리적 여건 등으로 어려웠던 분들이 '心청이 마음 학교'에서 주관한 감성 시 쓰기 줌 수업에 참여하여 시를 배웠습니다.

처음에는 모두 시를 어려워했습니다. 하지만 시는 어려워야 한다는 고정관념부터 버리자고 설득했고 결국 성공했습니다.

수업은 '윤보영 시인의 감성 시 쓰기 공식 10'을 기본으로 일상에서 쉽게 메모하는 방법부터 지도하기 시작했습니다. 나아가 수천 편의 짧은 감성 시를 적으며 터득한 제 경험을 접목시켜 수업을 이어나갔습니다.

시간이 갈수록 몰라보게 발전되어 가는 과정을 보면서 제 자신이 먼저 놀랐고 온라인 줌을 통해 수업이 진행되는 상황에도 불구하고 적극 참여하는 열정에 또 한 번 놀랐습니다.

이번 과정을 통해 그동안 굳게 닫아 둔 감성의 문이 열리는 것을 보았습니다. 한 번 열린 감성은 끝을 모르게 쏟아지는 메모로 이어졌습니다. 이렇게 적은 메모가 동인시

집이 되었습니다. 이 시집에 담긴 시는 바쁜 일상을 살아가는 사람들에게 휴식을 주는 역할을 해내기에 충분하다고 봅니다.

어렵게 시작된 시 쓰기인 만큼 도중에 포기하지 않고 계속 이어지기를 바랍니다. 시집 발간으로 이어지는 것은 물론 시를 쓰는 작가 가슴에도 꽃이 활짝 피어 향기가 났으면 좋겠습니다.

더불어 그 향기가 자신뿐만 아니라 주위 사람들에게도 전달되어 모두가 웃으며 사는 아름다운 사회 만들기에 도움이 되었으면 하는 바람입니다. 그동안 늦은 시간까지 수업에 참여해 주신 여러분과 주위에서 응원을 보내 주신 가족 모든 분께 감사드립니다.

윤 보 영 시인

무심에서 감성으로

ⓒ 임정희, 김인숙, 김라미, 최성임, 심은영, 신대정, 최나진,
안귀옥, 김근영, 백정애, 설진충, 선채숙, 박금심, 장수옥, 정인숙, 2021

2021년 4월 9일 **1판 1쇄 인쇄** | 2021년 4월 20일 **1판 1쇄 발행**
글 임정희, 김인숙, 김라미, 최성임, 심은영, 신대정, 최나진, 안귀옥, 김근영, 백정애, 설진충,
선채숙, 박금심, 장수옥, 정인숙 | **편집** 조기웅 | **교정교열** 김지은 | **디자인** 차여진

펴낸이 차여진 | **펴낸곳** 숨 | **등록번호** 제406-2015-000048호
문의 050-5505-0555 | **팩스** 050-5333-0555 | **홈페이지** www.soombooks.com

ISBN 979-11-88511-05-1 03810